한국 희곡 명작선 106

맘모스 해동

한국 희곡 명작선 106

맘모스 해동

이미경

평민사

히
미
경

맘모스 해동

등장인물

부인 – 40대 초반
남편 – 40대 중반
손님 – 30대 후반
(부인) 어머니 – 40대 초반
(부인) 아버지 – 40대 중반 : 다른 배역이 1인 2역 가능.

무대

오래된, 꽤 오래된 아파트 안.
부엌을 겸한 거실. 가구와 전자제품, 식탁, 냉장고, 세탁기, 싱크
대, 그리고 식기들, 어느 것 하나 낡지 않은 것이 없다. 벽 사이사
이에 보이는 화장실, 서재, 안방으로 통하는 문들도 낡을 대로 낡
아있다. 거실의 벽은 라파엘 전파의 화려한 그림들로 가득 차 있
다. 이 화려함은 음습한 집안의 분위기를 변조시키기는커녕, 오
히려 패망한 곳의 쓸쓸함을 강조하는 느낌을 준다.
구조는 여느 거실과 다를 바 없다. 냉장고 옆에 빈 도너츠 박스가
빼곡히 쌓여있고 커다란 세탁기가 가장자리를 온통 차지하고 있
는 것만 빼면.

＊ 세탁기 주변은 과거가 범람하는 곳이다. 부인이 부인의 어머
니를 기억에서 재생시키는 곳.

1장

1장에서 부인과 부인의 어머니는 모두 40대 초반이다. 과거의 인물과 현재의 인물, 둘은 다른 시간에 있지만 같은 장소에 있다. 그래서 두 인물이 서로 눈을 마주치는 일은 없다. 과거의 장소에는 어머니의 어린 딸(부인이 어렸을 때)이 있다고 상정되어있다. 어린 딸은 무대에 나오진 않지만, 어머니와 부인의 눈에는 보이는 인물이다.

어둠 속.
어딘가에서 파바로티의 '남몰래 흐르는 눈물'이 들려온다.
애절하고 굵은 테너의 목소리.
무대를 한 차례 휘젓는다.
또 다른 어딘가에서 심수봉의 '남몰래 흐르는 눈물'이 다가온다.
애잔하고 가는 여자, 트로트 가수의 목소리가 다가올수록 굵은 테너의 목소리 사라져간다.
어둠 속에서 핀 조명 하나 천천히 밝아오면
화려한 드레스를 입은 어머니가 노래를 하고 있다.
심수봉의 목소리는 어머니의 입술에 머물렀다 떠나간다.
어머니의 노래는 더 애잔하고 더 간드러진다.
그녀는 입술을 과장되게 벌리고 손을 과하게 사용하며 마치 소프

라노 성악가 같은 모습으로 부른다.

그녀의 노래가 끝나자, 우레와 같은 박수가 터진다.

마치 파바로티 공연이 끝났을 때, 관객들이 기립박수를 치는 소리 같다.

(이 박수 소리는 그녀에게만 들리는 소리일 것이다)

그녀의 정중한 인사도 오페라 가수 못지않다.

그러나 조명이 환하게 들어오면 박수소리는 싹둑 잘려나가고,

커다란 세탁기에 기대어 앉아있는 부인 혼자 썰렁하게 박수를 치고 있다.

세탁기 주변에는 술병과 안주, 담배와 재떨이가 널브러져있다.

부인이 박수치는 것을 멈춘다.

어머니는 그녀의 눈에만 보이는 어린 딸을 향해 말한다.

어머니   계속 쳐야지. 몇 번이나 말했어? 그게 성악가들에 대한 예의라고. 커튼콜이라고. 마리아 칼라스가 뉴욕에서 공연했을 때는 16번을 커튼콜 받았어. 터질 듯한 박수 소리 때문에 열여섯 번을 들어왔다 나갔다 했다고. 계속 쳐. 계속.

부인이 다시 박수를 친다.

어머니가 미소를 지으며 인사한다. 무대 밖으로 나갔다가 무대 안으로 다시 들어온다. 그녀는 손을 흔들고, 고개를 아주 깊이 숙여 다시 인사한다.

공연을 훌륭하게 마친 오페라가수처럼 다소 흥분되어 있다.

하지만 부인의 박수는 점점 성의가 없어지더니 결국 또 멈춘다.

어머니   계속 치라니까. 계속.

어머니는 딸의 손을 잡고 박수친다. 어린 딸은 그녀의 눈에 보일 뿐, 실제로 무대 위에 등장하지 않기에, 어머니의 손은 허공에 떠 있다.

어머니   이렇게, 이렇게.

어머니의 손놀림은 빨라진다.
옆에 앉아있는 부인이 정신없이 박수를 쳐댄다. 어머니 목소리에 맞추어 '브라보!'를 마구 외친다.

어머니   그리고 소리를 지르는 거야. 브라보! 브라보! 브라보!!!

부인은 흥분하고, 깔깔대고 웃지만, 웃음소리가 새어나오지는 않는다.
어머니는 어린 딸의 머리를 쓰다듬어준다. 역시 허공을 쓰다듬는 제스처.

어머니   잘했어. 상상해봐. 멋지지 않니? 화려한 무대 중앙에서 우레와 같은 환호 소리를 듣는 거야. (점점 격앙되며) 관객들은 감동에 벅차, 끊임없이 박수를 쳐. 오로지 엄마를 바라보면서. 자신들의 감동을 전하고 싶어 안달을 하지. 엄마 뺨에는 뜨거운 눈물이 흐르고. 황홀감에 도취되는 거야. 그 순간은… 설명이 안 돼. 설명할 수 없는 곳으로 가버리니까. 오로지 느껴본 사람만이 알 수 있는 순간이지. (딸의 볼을 만지며) 너도 무대에 서면 알게 될 거야. (딸의 자세를 다듬어주며) 고개를 더 들어. 어깨를 뒤로 당기고. 누군가가 위에서 머리를 잡아당긴다는 느낌으로. 그래. 쭉 펴. 시선은 15도 위로. 여자는 태가 나야 돼. 드레스를 입으려면 목선이랑 어깨선도 예뻐야 하고.

부인은 어머니가 바라보고 있는 '딸'의 위치에 시선을 던지며, 어머니의 말에 맞추어 자세를 고쳐본다. 부인은 미소지으며 자세를 풀고, 도로 세탁기에 기대어 앉는다.
어머니는 거울 앞으로 걸어가 앉는다. 거울을 보며 자신의 머리와 목걸이, 드레스를 매만진다.

어머니 이 목걸이 어때? 마리아 칼라스가 '라트라비아타' 공연했을 때 했던 목걸이야. 알프레도 크라우스 테너랑 리스본에서… (딸의 핀잔을 듣고, 말을 멈춘다. 딸을 쏘아본다) 싸구려? 흠~ 그래, 싸구려다. 지금은 연습용이니까.

어머니는 다시 거울을 본다.

부인은 작은 보석함을 가져와 어머니의 목걸이를 꺼낸다. 목걸이를 한참동안 만져본다. 같은 목걸이지만 싸구려 금속이라 시간의 흔적만큼 많이 부식되어져있다. 부인이 천으로 닦아보다 자신의 목에 건다. 지나치게 반짝이는 어머니의 목걸이와 대조적으로 부인의 목걸이는 더 이상 반짝이지도 화려하지도 않다.

어머니가 거울을 보고 그 뒤에 서 있는 부인도 거울에 목걸이를 비춰본다.

어머니   너, 나 무시해? 너 엄마 무시하지? 술집 밤무대에서 노래하는데 왜 이런 목걸이를 하냐고 비웃고 있지? 엄마가 술집 밤무대에서 노래하다 늙을 것 같지? 늙어서 더 이상 노래도 못할 거 같지?

부인은 고개를 젓는다.
사이.

어머니   아니야, 괜찮아. 진짜야. 화 안 났어. (사이) 멀지 않았어. 연습이 다 끝나가니까. 곧 무대에 설 거야.

부인이 거울에서 시선을 거두고 다시 세탁기에 기대어 앉는다.
어머니가 담배를 꺼내 핀다.

어머니   엄마는 죽을 때까지 노래할 거야. 유언도 노래로 할 거야.

11

(자신의 말이 맘에 들었는지 꽤 유쾌하게 웃는다) 엄마가 죽어도 엄마 노래는 흘러 다닐걸. 계속 들리겠지. 세상 여기저기서. 호호호. 마리아 칼라스처럼, 루치아노 파바로티처럼. 사람은 죽었는데 목소리만 계속 들린다는 게, 이상하다. 그치?

부인도 담배를 꺼내 핀다.

어머니 (담배 연기를 날리고) 피아노 열심히 쳐. 준비를 해야 기회도 오고 성공도 하지. 언젠가 네 연주에 엄마가 노래하는 날도 오겠지. 우리 둘이 같이 커튼콜 하는 날! 얼마나 행복할까? 호호호.

어머니가 행복하게 웃다가 한방 얻어먹은 사람처럼 웃음을 뚝 멈춘다.
천천히 딸을 바라본다.
부인은 마른세수를 하고, 술을 마신다.

어머니 뭘… 봤다고?

사이.

어머니 아니. 엄마는 본 적 없어. (마른침을 크게 삼킨다) 왜 밤에 잠을 안 자!!!

사이.
어머니는 자신의 실수를 깨닫고 급하게 담뱃불을 끄고, 딸에게
간다.

어머니 (딸을 안는 제스처) 미안. 엄마가 잘못했어. 아빠 곧 돌아올 거
야. 착상도 얻고, 사람도 만나고, 장소도 골라야 하니까, 그
러니까 바쁜 거야. 조금만 기다려. 너만 기다리는 게 아니
야. 다들 기다려. 세상사람 모두 네 아빠를 기다린다고.

딸을 떼어놓는다.
부인이 크게 한숨을 짓는다. 침을 힘겹게 넘긴다. 무거운 마음으
로 술을 마신다.

어머니 왜 입 다물고 말을 안 해? 엄마가 그렇게 하는 거, 제일 싫
어한다고 말했지? 입 다물고 눈동자만 굴리는 거, 제일 싫
다고. 눈 치켜뜨는 것도 싫다고. 왜 그런 눈으로 봐? 너 엄
마 말 못 믿어? 말해봐. 대답해봐.

어머니가 일어난다.

어머니 말하기 싫으면 관둬. 가서 피아노 쳐. 엄마 여기서 들을 테

니까, 쉬지 말고 쳐. 네가 말하고 싶어질 때까지 쳐. 빨리!

부인은 일어나 개수대쪽으로 가서 술을 다 쏟아 붓는다. 뒷모습으로 서 있다. 그녀의 어깨가 들썩인다.

어머니는 쓰러지듯 앉는다. 술을 마신다. 멍하니 딸이 나간 문을 쳐다본다.
매끄럽지 않은 피아노 연습소리 들려온다. 피아노 소리 점점 커진다.
어머니는 술을 마시다 멈추고 술병을 든 채, 노래한다.

어머니   왜 그땐 그대 떠났나? 왜 나를 슬프게 했나? 마지막 모습 보이고 또 그렇게 떠나갔나? 가지 마오. 내 사랑. 변하지 마오. 그대~~~

피아노 소리와 어머니의 노래는 전혀 어우러지지 않는다.
어머니의 노래는 어느새 흐느낌과 버무려진다.
부인은 고개를 돌려 물끄러미 어머니를 쳐다본다.
암전.

2장

거실에 파바로티의 '남몰래 흐르는 눈물'이 흐르고 있다.

조명 천천히 밝아온다.

잠시 후, 화장실에서 긴 머리의 남편이 나온다. 그는 머리에 수건을 뒤집어 쓴 채로 논문을 들고 있다. CD플레이어를 끈다.

남편   짜깁기. 늘 짜깁기야. 인간배아도 아니고. 복제도 분수껏 해야지. 이러다간 세상 모든 논문이 다 똑같아지겠군.

남편이 논문을 식탁에 던지며 수건으로 머리를 닦는다.

남편   생각을 해. 생각들 좀 하라고. (열등감인지, 허탈감인지, 느닷없이 화가 더 솟는다) 어떻게 저렇게 복제만 하는 인간들이 교수랍시고 자리를 차지하고 앉아있지. 썩었어! 죄다 썩어서, (한숨) 이젠 안 썩은 곳이 없지.

뜬금없이 울리는 전화벨 소리.

남편이 전화와 안방을 번갈아 쳐다본다.

계속되는 전화벨 소리.

그가 망설이다 전화 수화기를 든다.

남편   여보세요. 예, 맞는데요. 아직 안 일어났어요. 무슨 일이시죠? 아니, 말씀하세요. 제가 전할게요. 핸드폰이요? 꺼놨나 봐요. 자, 잠깐만요. 끊지 마세요. 아니, 그, 그게 아니라… 얼마 전에 전화하신 분이죠? 목소리가 익어서. 아, 예, 자, 잠깐. 우리 집에 한번 오실래요? 그냥… 한번 뵙고 싶어서요. 제 아내랑 친한 분이시니까. 아니요. 예, 그래요. 편하실 때… 아니, 오늘 저녁 어떠세요? 잘됐네요. 실례지만 누구라고… 개 대주는 분이요? (실망이 역력한 목소리) 그, 그렇군요. 아~ 아니요. 알겠어요. 예.

남편이 전화를 내려놓는다.
방에서 부인이 나온다.

남편   쉬는 날인데 더 자지.
부인   내 전화야?
남편   아, 아니.
부인   무슨 전환데?

부인이 걸어오다 물기에 미끄러진다.

남편   조심해.
부인   머리는 화장실에서 털고 나오지.

남편이 수건으로 바닥을 닦는다.

부인   내가 할게.

부인이 화장실로 들어간다.
그녀가 걸레를 들고 코를 막으며 나온다.

부인   변기가 막혔나봐.
남편   아, 맞아.

남편이 노트북을 가져와 화면을 들여다본다.

부인   (바닥을 닦으며) 저렇게 냄새나는 데서 어떻게 머리를 감았어?
남편   아까 인터넷에서 변기 뚫는 방법을 알아봤는데…

부인이 걸레질을 다하고 걸레를 화장실 안으로 던진다.
남편은 프린트한 종이를 뒤지다가 다시 노트북으로 정보를 찾는다.
부인이 방에 들어가 옷걸이를 들고 나온다.

부인   옷걸이로 몇 번 쑤셔보면 되지.
남편   안 돼. 옷걸이는 위험해. (노트북을 들여다보며) 양변기 하부에 냄새 방지차원 U트랩이란 게 있대. 철사나 옷걸이로 잘못했다가는 더 고장 나. 여기 쓰여 있잖아. 옷걸이로 하는 건 엄청난 기술과 행운이 따라야 가능하다. 대변으로 막혔으면 뜨거운 물 부으면 된다. 이건 아닌 거 같고.

부인 미용실 갔다 오면서 뚫어뻥 사올게.

남편 맞아. 뚫어뻥! (노트북에 눈을 박고) 철물점에 뚫어뻥을 이용하면 쉽게 해결할 수 있다. 당신, 그걸 어떻게 알았어?

부인은 대답 없이 화장실로 가서 세수를 한다.

남편 (따라가며) 역시 당신은 모르는 게 없어. (웃으며) 내가 상식이 좀 부족하지?

부인 한 곳에 몰두하는 사람들이 그렇지. 그런 건 몰라도 돼.

남편 그런데 미용실은 왜?

부인 머리하러.

남편 오늘 누구 만나?

부인 고등학교 동창 모임 있어.

남편 당신 그런 데 안 가잖아.

부인 정은이 남편 로스쿨 졸업하고 변호사 시험에 합격했대. 오랜만에 연락 왔어. 축하도 할 겸 만나서…

남편 (말을 자르며) 요즘 세상에 로스쿨 졸업하고 변호사 시험 떨어지는 사람도 있어? 그게 뭐 그리 축하할 일이라고.

부인 그렇긴 하지. 하지만 그런 사람 알아두면 좋잖아. 당신 교수 되면 인맥도 되고.

남편 보나마나 자랑하고 싶어서 이 사람 저 사람한테 연락한 거야.

부인이 얼굴을 닦고 나온다.

부인   알아. 아는 사람은 다 아는데, 걔 남편 사법고시 시험만 십수는 했을 거야. 이십대, 삼십대 다 날리고 그나마 로스쿨 생겨서 겨우 들어간 거야. 변호사 간판 따는데 이십 년이 넘게 걸렸지.

남편   요즘 한 해에 배출되는 변호사가 이천 명이 넘어. 발길에 차이는 게 변호사라고. 죄다 변호사 간판만 걸고 그 안에서 쫄쫄 굶고 있을 걸. 낄낄낄.

부인이 스킨과 로션을 바른다.

부인   걔 당신 어머님 장례식 때도 안 왔어. 당신 박사 논문 통과된 날, 파티 했을 때도 안 왔고.

남편   그런데 가려고 해?

부인   신경이 쓰여.

남편   뭐가?

부인이 간단히 화장을 시작한다.

부인   보이지 않는 곳에서 나를 규정짓고, 소문을 만들고, 생각없이 퍼뜨릴 것들이. 속물적인 아이들이 모이면 하는 게 그런 것밖에 없으니까.

남편 그런 사람들이랑 왜 어울려? 당신은 그런 데 어울리지 않아.

부인 어울리는 게 아니라 쐐기를 박으려는 거야. 날 무시하지 않도록.

남편 당신을 왜 무시해?

부인 얼마 전에 현주 신랑이 같은 은행 사람들이랑 우리 식당에 왔었어. (한껏 비아냥거리는 투로) 은행 다니는 사람들이 후지게 시장에 있는 보신탕 식당에 왜 오는 거야? 그 신랑, 현주 결혼식 이후로는 만난 적이 없었는데도 나를 알아보더라. 인사를 하긴 했는데, 미소가 유쾌하게 떨어지지 않았어. 마치 보물찾기에서 보물이라도 찾은 아이처럼 자못 흥분된 것 같더라고. 아마 그 날 집에 돌아가 재킷을 벗기도 전에 마누라에게 신나게 떠들었겠지. 당신 친구를 봤다고. 그것도 시장에 있는… (자신의 신세를 말하기 싫어진다) 칫! 둘이 소파에 앉아 얼마나 기가 막힌 소설을 썼겠어. 잘 알지도 못하면서. 오늘 내가 안 가면 현주가 친구들한테 한바탕 그 소설을 쏟아내겠지. 다들 신나게 살을 붙이고 나를 괴물로 만들 거야.

남편 신경 쓰지 마.

부인 신경 쓰고 싶진 않은데. 거들먹거리는 애들은 가끔씩 밟아줘야 해. 그래야 주제파악을 하거든. 사실 동창 중에 나보다 좋은 대학 나온 아이도 없어. 시덥지 않은 지방대나,

듣도 보도 못한 것을 전공이랍시고. 자기, 순결가정문화학 과라고 들어봤어? (갑자기 웃음이 터진다) 현주가 거기 나왔 잖아. 순결가정문화학과. 크크크. 4년 동안 순결을 배우면 서, 4년 동안 동거남을 수십 번 바꿨어. 호호호.

남편　당신, 식당 때문에 예민하구나.

부인 웃음이 멎는다.

부인　아니야. 잠시 하는 건데 뭐. 식당이야, 자기 어머님이 물려 주신 거라, 정리를 못했다고 하면 되지. 출판사랑 얘기는 잘 되고 있는 거야? 당신 논문 출판한다는 거?

남편　어? 그, 그거… 곧 전화 올 거야. 거의 다 되어가. (망설이다 가) 여보.

부인　왜?

남편　아까 어떤 남자한테 전화 왔어.

부인　찬우 씨?

남편　며칠 전에도 전화한 사람이지?

부인　거래처야.

남편　시간 되면 오라고 해.

부인　어딜?

남편　우리 집에.

부인　미쳤어? 여기다 어떻게 사람을 들여?

남편　왜? 밖에선 만나도 되고 안에서 만나면 안 될 사이야?

부인　뭐라고?

어처구니없는 남편의 말, 부인은 황당하다.

남편　(자신의 실수를 깨닫고) 아, 아니, 난 그런 뜻이 아니라. 당신이 어떤 사람이랑 일하나 궁금해서.

부인　그게 왜 갑자기 궁금해졌어? 식당 근처에는 오지도 않는 사람이.

남편　내일 당신 생일이잖아. 같이 모여서 생일 파티도 하면 좋지.

부인　생일 파티? (어이없는 웃음)

부인이 화장품을 정리해서 가방에 넣는다. 그녀는 말없이 가방을 정리한다. 옷을 몇 개 챙겨들고 거울에 대본다. 마음에 드는 블라우스와 스커트를 입고 재킷을 걸친다.

부인　자기 어머님도 찬우 씨 네서 개 거래했어. 어머님 지병으로 돌아가시고 식당 물려받았을 때 얼마나 막막했는지 알아? 내가 장사를 하게 되리라고는 꿈도 못 꿨으니. 그나마 찬우 씨가 도와줘서 여기까지 온 거야.

남편　그~래. 조금만 기다려. 조금만.

부인　조금만? 그래. 내가 제일 잘하는 게 기다리는 거잖아.

부인은 가방을 들고 문 쪽으로 걸어간다.

부인   강의하는 데가 늘어나면 자리 잡겠지. 사람들은, 나중에, 당신 자리 잡으면, 그때 부르자. 뚝배기 데워 먹어.

부인이 나간다.
남편이 잠시 부인이 나간 문을 바라보다 마른세수를 한다.

남편   개 파는 사람, 설마? 아니지?

남편이 가스레인지에 있는 뚝배기에 불을 붙인다.

남편   동창회, 느닷없이 동창회는 왜? 말도 안 돼. 그런데 안 나간 지 한참 된 사람이. 나도 따라가 볼까?

남편이 거실을 왔다 갔다 하다 뭔가 생각난 듯, 방으로 들어간다. 낡은 상자를 가지고 나온다. 상자를 뒤지기 시작하자 거실은 금방 어질러진다. 마음에 드는 정장을 찾고 휘파람을 분다.

남편   그런 사람이랑 어울릴 여자가 아니야. 다르다는 걸 보여 줘야지.

남편은 정장 바지를 식탁의자에 걸쳐두고 재킷을 입는다.
유행이 한참 지난 슈트, 남편의 것이었다고 하기엔 사이즈가 제법 크다.

남편   (소매를 보며) 제기랄, 왜 이렇게 옷이 커졌지?

남편이 상자를 뒤지며 여러 물건들을 꺼낸다. 날짜도 한참 지나 굳어버린 화장품, 시간이 멈춘 손목시계, 소리가 나지 않는 오르골, 촌스러운 넥타이, 금속이 다 벗겨진 넥타이핀… 많은 액세서리가 그를 추억에 잠기게도, 느닷없이 폼을 잡게도 해준다. 그는 잊고 있던 향수도 찾았다.

남편   교수는 품위 있게 이런 걸 뿌려야 한다고 했지. (향수를 열고 향을 맡는다) 이게 무슨… (그제야 끓고 있던 뚝배기에서 냄새가 나는 것을 눈치 채고) 아차!

남편이 향수를 다시 상자에 넣고, 끓고 있는 뚝배기로 간다. 가스 레인지 불을 끄고, 재킷을 벗어 의자에 걸어놓는다. 뚝배기를 식탁에 옮긴다. CD플레이어를 다시 켠다. 파바로티의 '남몰래 흐르는 눈물' 나지막이 깔린다. 허벅지에 하얀 냅킨을 깔고 목에 작은 냅킨을 두른다. 앞접시, 포크와 나이프를 이용하여 보신탕을 마치 스테이크처럼 먹는다.

남편   오늘은 달팽이 요리 같군. 살짝 데친 달팽이에 파슬리를 뿌리고 버터와 함께 오븐에 구운 것 같아. 아주 부드러워.

남편이 음식을 씹으며 벽에 걸린 그림을 본다.

남편   로제티도 제인 모리스를 꼬실 때, 달팽이 요리를 먹었을 거야. 당신 속살도 이렇게 부드러울 것 같다면서 시 한 편을 날렸겠지. 하하하… 저 곡선의 관능미에 유혹되었어. 아름다워.

찬장에서 아주 조금 남아있는 와인을 꺼내 와인 잔에 탈탈 털어 넣는다.
멋들어지게 앉아 와인 잔을 돌려가며 한 모금씩 마신다.

남편   저 사람도 아름다웠는데. 옛날엔 정말 제인 모리스 같았어. (그림과 추억에 취했다) 깊은 눈, 오뚝한 콧날, 강인한 턱선, 도발적인 입술, 풍성하고 짙은 머리카락. 사람을 끄는 묘한 매력이 있었지.

남편은 와인을 다 마시고 아쉬운 듯 입을 다신다. 양손을 깍지 끼고 식탁에 올리며 허공을 바라본다. 미소가 번진다.

남편   따뜻한 햇살 아래서 피아노를 치고. 내 팔베개를 하고 누워 쇼팽을 흥얼거리곤 했는데. (쇼팽 녹턴을 잠깐 흥얼거린다) 폴란드에 가고 싶다고 했었지. 폴란드 어느 성당에 가면 쇼팽 심장이 묻혀있다고.

느닷없이 현관에서 손님이 고개를 불쑥 내민다.

남편은 한껏 추억에 젖어 손님을 알아차리지 못한다.
손님이 들어온다.

손님 실례합니다.

남편은 소스라치게 놀란다. CD플레이어를 끄고, 손님을 쳐다본다.

손님 초인종도 고장 나고 문도 안 잠그고 도둑놈 들어오기 딱 좋습니다.

손님은 바닥에 어질러진 물건들과 지저분한 남편을 번갈아본다. 가벼운 뒷걸음질.

손님 벌써 도둑님이 오셨나?

남편이 눈에 밟힌 다리미를 가져다 위협하며 던지려한다.

손님 자, 잠깐만요!

남편이 핸드폰을 들고 전화를 한다.

남편 여, 여보세요. 경찰서죠?

손님은 남편이 전화하느라 방심해진 틈을 타서 달려와 그의 종아리를 걷어찬다. 남편이 다리를 잡고 아파한다. 손님이 남편을 누르고 얼굴에 가까이 가려다 둘은 확 떨어진다.

남편·손님 (동시에) 내내냄새…

남편이 다시 핸드폰으로 전화를 하려하자 손님이 남편을 밀어 핸드폰을 떨어뜨리게 한 후, 발로 핸드폰을 찬다. 손님이 남편에게 가까이 다가가자 남편이 부엌으로 가서 칼을 가져온다.

손님　　잠깐!
남편　　(위협하며) 벗어!
손님　　예?
남편　　팬티 빼고 다 벗어!
손님　　아, 아니 왜…

손님이 다가오려 하자 남편이 칼로 견제하며 싱크대로 가서 더 큰 칼을 가져온다. 남편은 양손에 칼을 들었다. 손님은 마지못해 윗옷을 벗는다.

남편　　바지도 벗어.

손님이 주춤한다.

남편   안 벗어?

남편이 칼을 어리숙하게 휘두른다. 그 어리숙함이 상대방을 더 두렵게 한다.

손님   아아알았어요. 다 벗겠습니다.

손님이 바지를 벗는다.

남편   옷 세탁기에 넣어!
손님   (황당하다) 예?

칼을 든 남편이 손님에게 더 가까이 다가온다. 손님이 남편의 눈치를 살피며 옷을 들고 세탁기로 가서 넣는다. 남편이 세탁기로 간다. 손님이 놀란다.

손님   아아아아악! 제, 제발!

남편이 세탁기 버튼을 누른다.
손님은 어느새 무릎을 꿇었다.

손님   지, 진정하세요. 제, 제가 갖고 있는 거라곤 달랑 용달차뿐입니다. 방금 세탁기에 넣으신 제 바지 주머니에 차 열쇠

가 있는데. 기르고 있는 개가 스무 마리 정도 되지만. 얼마 값도 안 나가는 거고.

순간, 놀란 남편이 하던 일을 멈추고, 손님을 쳐다본다.

남편 그럼, 호, 혹시 개 판다는 분?
손님 예? 예. 그런데요.

남편이 칼을 든 팔을 내려뜨리고 경계를 늦춘다. 손님이 그 틈을 노려, 남편을 제압한다. 남편의 팔을 꺾어 칼을 떨어뜨리게 한다.

남편 죄, 죄송합니다. 소리도 없이 들어와서 전 도둑인줄 알고.

손님이 칼을 집는다.

남편 아까 저희 집으로 전화하셨죠?
손님 그, 그러면… 아이고, 이거 초면에. 죄송합니다.
남편 아닙니다. 제가 오해했습니다. 집에 통 오는 사람이 없어서.
손님 초인종을 눌렀는데, 소리가 안 나던데요. 혹시나 해서 손잡이를 잡았는데, 문이 열려있었어요.
남편 제 아내가 나가면서 안 잠갔나 봅니다.

손님이 칼을 싱크대에 갖다 놓는다.

손님   (칼날을 만지며) 날이 무디네. 이거, 무도 안 썰리겠는데요. 크크크.

남편   (의자 위에 걸쳐 둔 정장을 주며) 우선 이거라도 입으세요.

손님   옷을 다 벗기시고, 하하하.

손님이 정장을 입는다. 거짓말처럼 옷이 딱 맞는다.

손님   하하하, 이거 뭐 나이트에라도 가야 되겠습니다.

남편이 상자에서 향수를 가져다 손님에게 뿌려준다.

남편   불가리 아쿠아 오드 뜨왈렛이에요.

손님   괜찮습니다.

남편   아내가 크리스마스 때 선물해준 향수죠. 냄새만큼 사람의 격을 떨어뜨리는 게 없죠.

손님   이, 이거, 대중목욕탕에 있는 스킨 냄새 같은데… 그 있잖아요. 쾌남이었나. 크으~ 독한데요.

남편   전 냄새라면 아주 질색이죠.

손님   사실, 형님 냄새도 만만치 않습니다.

남편이 향수를 갖다 놓다가 자신에게도 뿌린다.

남편   그런데 어떤 일로…

손님이 문 밖에서 맘모스 모형을 가지고 온다. 투명한 사각 플라스틱 안에 제법 그럴싸한 맘모스 모형이 들어있다.

손님 이거 갖다 주려고. 거래처 가는 길이라 들렀습니다. 누님 전화도 안 되고. 뭐, 잘됐죠. 형님도 한 번 뵙고 싶었는데. 형님이라 불러도 되죠?

남편 예? 예에.

남편은 대충 손으로 머리를 정리하고 고무줄을 찾아 머리를 묶는다.

남편 (맘모스 모형을 보며) 이건 뭐죠?

손님 일전에 누님이랑 맘모스 전시회에 갔었어요. 사실 그런데 가진 않는데, 누님이 혼자 가신다기에 따라갔어요. 구경하고 나오는데 기념품 가겐가, 거기서 누님이 이걸 한참 들여다보고 있더라고요. 내일 생일이고 해서 사왔죠. 그런데 누님은 어디 갔어요?

남편 예.

손님이 밖에서 도너츠 상자도 가져온다.

손님 (도너츠 상자를 식탁 위에 놓으며) 형님, 이거 좋아하신다고 들었는데.

남편 맘모스 전시회요? 아내와 둘이 갔나요?

손님　예. 엄청 크던데요. 누님이 그러는데, 빙하기 시대에 갑자기 얼어서 지금까지 남아있는 거라면서요?

손님이 그때를 회상하듯 고개를 든다.

(과거 회상)

무대 옆에 조명이 들어오면 그곳엔 이미 박물관에 있는 맘모스가 설치되어 있다. 정말 큰, 냉동된 맘모스가 투명한 플라스틱 안에 갇혀있는 모습이다. 긴 상아와 긴 털로 덮여있는 맘모스. 하지만 자세히 들여다보면 그건 맘모스가 아니라 분명 사람이다. 긴 상아를 달고 긴 털을 뒤집어 쓴 사람. 아버지다. 부인의 아버지.

부인이 나온다. 그녀는 미소를 머금고 맘모스를 한참 동안 쳐다본다.

부인　신기하지 않아? 삼만 년도 더 된 일인데, 이렇게 살아있는 것처럼 보인다는 게. 빙하기 때, 어떤 놈은 음식을 먹다가 갑자기 얼어서 입이랑 위에 먹던 것들까지 고스란히 남았대. 나는 가끔 그런 생각을 한다. 지금 빙하기가 오면 어떨까? 나는 어떤 모습으로 얼어버릴까? (밝게 웃으며) 차라리 얼어버렸으면 좋겠다는 생각도 해. 우습지? 하지만 이 맘모스를 봐. 얼어서 얼마나 다행이야. 얼어버려서 더 이상 늙지도 않고 썩지도 않잖아.

부인이 계속 맘모스를 쳐다본다.

부인   자세히 보니, 이 맘모스, 우리 아빠 같다. 엄마랑 오랫동안 기다렸는데. 여기 꽁꽁 얼어있었나? 그래서 못 온 걸까? (나지막하게) 아빠.

맘모스 모형과 부인을 비추던 조명, 서서히 어두워진다.

손님   누님이 눈을 못 떼고 쳐다보고 있었는데. 뭐 크긴 크대요.

맘모스 모형과 부인이 무대에서 사라진다.

손님   하지만 솔직히 그게 다 눈속임 아니에요? (자신이 갖고 온 작은 맘모스 모형을 들고) 시체를 동태처럼 얼려놓고, 살아있는 것처럼 꾸미는 게.

손님이 맘모스 모형을 내려놓는다.

손님   하긴 뭐 크니까. 사람들 무조건 큰 거 좋아하잖아요. 집도, 차도, 크크크 (팔을 내밀며 은밀한 목소리로) 거시기도.

남편은 시선을 피하고, 아무런 대꾸도 하지 않는다.

손님   물 좀 한 잔 마시겠습니다.

손님이 수돗물을 받아 마시다가 손으로 개수대를 몇 번 내리친다. 손을 바지에 쓱쓱 문지른다.

손님   바퀴벌레가 주먹만 하네.

남편은 손님의 경박한 행동에 다소 불편해진다. 식탁에 다시 앉는다.

남편   (냅킨을 허벅지에 덮으며) 식사하셨어요?
손님   예. 저는 걱정 마시고 어서 드세요.
남편   집은 어떻게 아셨어요?
손님   매일 데려다 주는데 왜 몰라요? (식탁을 보며) 혹시 보신탕 아닙니까?
남편   매일 데려다 준다고요?
손님   누님이 차가 없으니까. 형님도 운전 못하신다면서요?

남편은 말없이 칼과 포크질만 반복한다.

손님   보신탕을 스테이크처럼 드십니다. 재미있네요.

남편으로부터는 여전히 아무 반응이 없다. 남편은 냅킨으로 입가를 닦고 다시 허벅지에 얹어놓는다. 손님이 어색함을 못 참고.

손님   전 아주 어렸을 때부터 개를 잡았어요. 자루에 개를 넣고 (방망이로 자루를 패는 손놀림을 해 보이며) 이렇게 팍팍 쳐대죠. 제가 손목 힘 하나는 끝내주거든요. 한번은요, 끈이 느슨해져 덜 죽은 놈이 자루 밖으로 삐져나왔는데, 가관이었어요. 검은 털은 피로 뭉쳐있고, 코고 귀고 죄 뭉개지고, 눈알까지 빠져 아주 피범벅이었죠. 비릿한 피 냄새가 진동하는데… 캬, 지금도 생생합니다. 웬만한 비위 아니면 못 견디죠. 그 후로 아부지 무지 존경했습니다. 저희 아부진 자루에 넣지 않고 팼거든요. 개를 거꾸로 매달아서 혀가 입 밖으로 축 늘어질 때까지 패면…

남편이 개수대에 가서 헛구역질을 한다.

손님   어디 불편한 데라도. 제가 실례했나요? 식사하시는데.

남편이 입을 헹구고 제자리로 돌아와 앉아 도너츠를 먹는다.

손님   도너츠 정말 좋아하시나 보네. (사이) 보신탕 냄새 때문에 드시는 거예요? 물 드릴까요?

손님이 컵을 찾아 수돗물을 받는다.

손님   (수돗물을 건네며) 그런다고 냄새가 가시나?

남편은 손님의 호의를 무시하고 냉장고로 간다. 냉장고를 열어 물을 꺼낸다. 냉장고 안에는 뚝배기가 빼곡히 들어차있다.

손님   어휴, 냄새! 설마 저게 다 보신탕입니까?

남편은 선반에서 커피 가루를 꺼내 커피를 내린다. 손님이 냉장고로 가서 냉장고 문을 다시 열어 안을 들여다본다. 위 아래로 훑어보며 감탄한다.

손님   우와, 씨발, 죽이네! 이 냄새였구나. 형님한테 나는 냄새가.

손님이 냉장고 문을 닫는다.

남편   제 건강을 위해 준비해둔 음식이죠.
손님   누가요? 누님이요?
남편   피아노를 쳤었어요. 제 아내.
손님   식당 일하기엔 아깝죠. 이런 일 하려면 보통 억세야 되는 게 아닌데. 하늘하늘하잖아요. 음대까지 나오고 연주회도 했었다면서요? 시장에 있으면 거친 놈들이 한번 따먹어보려고 별별 수작을 다 걸 텐데, 다 지 분수는 아는지, 언감생심 못 건듭니다. 하긴 건들면 제가 가만 안 있죠.
남편   왜 당신이 가만 안 있죠?
손님   그거야, 뭐… (대답이 궁색해진다) 제가 이 주먹! 개도 때려잡는 주먹이 있으니까.

어색해진 손님, 배시시 웃다가 일어나며 손을 비빈다.

손님   이제 가봐야겠네요.

남편   가지 마세요!

손님   예?

남편   오신 김에 집사람도 만나고, 집사람, 내일 생일이니까 뭐 같이 저녁도 먹고, 그리고…

손님   (별 생각도 없이 바로) 그럼 그럴까요?

손님이 도로 앉는다.
둘은 말이 없다.
다시 어색해진 손님, 일어나 벽에 걸린 그림을 둘러본다.

손님   하나같이 뚱뚱하네요. 옛날엔 뚱뚱한 여자가 미인이었다 죠. 하긴 저도 약간 살집이 있는 여자가 좋대요. 그래야 만 질 데도 많고. 낄낄낄.

남편   (고개로 그림 하나를 가리키며) 저건, 부정한 여자에 대한 그림 이에요. 그림을 잘 보세요. 남편이 밟고 있는 사진이 정부 예요. 부인과 바람피운 남자죠.

발로 밟고 있는 사진. 식탁 아래 찢어진 연애편지.

남편이 갑자기 식탁 위 종이를 갈기갈기 찢은 후 밟는다.

남편 정부를 이렇게 갈기갈기 찢어서 뭉개버리고 싶었겠죠. 부인의 팔, 수갑이에요. 팔목에 피가 고인 게 보이잖아요.

손님 쯧쯧쯧. 부인이 불쌍합니다.

남편이 커피 두 잔을 식탁에 가져다 놓는다.

남편 라파엘 전파 화가들은 도덕적이고 진지한 사람들이었어요. 정절을 버리는 여자에게는 혹독했죠. 청교도적 윤리를 바탕으로 정숙을 강요하는 분위기였고.

손님은 남편의 이야기를 듣는 둥 마는 둥. 그는 커피에 설탕을 듬뿍듬뿍 넣는다.

손님 제 친구 놈 중에 병철이라고 있는데 (그림을 가리키며) 저 남자랑 똑같이 생겼어요. 허여멀건한 게. 관광버스 운전하는 놈이죠. 그 새끼 할 줄 아는 게 마권 들고 소리치는 건데, 경마장을 지네 집처럼 드나드니까. 돈 날리면 술 처먹고 마누라한테 지랄, 지랄해싸고. 하지만 알고 보면 문제는 딴 데 있어요. 아는 사람은 다 아는데, 사실 놈이 잘 서지 않거든요. 하기도 전에 싸지릅니다. 결국 마누라도 못 붙어있고 도망갔죠. 부처도 아니고, 참는 것도 한계가 있지.

앙칼진 것들도 하룻밤 자고나면, 눈을 새치름하게 깔면서 얼마나 나긋나긋해지는데, 그래서 이불 속 송사라고 하잖아요. 일전에 병철이 놈, 거시기에 뭐 갈비 뼈 같은 걸 넣었다던데… 하하하… 효과 있는지. 남자들이 어디에 미치는 거, 그거 다 이유가 있는 겁니다. 형님도 아시지 않습니까? 이거 그린 놈도 똑같을 걸요. 이런 그림을 왜 그렸겠어요? 하하하… 이런 놈들은 병철이처럼 수술도 안할 걸요. 고상한 척하면서 부인한테 밝힌다고 뒤집어씌우겠죠. 부인만 불쌍합니다.

남편　가치가 다른 데 있는 거죠.

손님　가치는 무슨 놈의 가치, 고자가 아니고서야 관심 없는 놈이 어디 있어요? 그림을 봐요. 죄다 여자 아닙니까? 남자들이 침을 얼마나 질질 흘리며 그랬을까? 저 큰 엉덩이 하며 가슴하며. D컵은 되겠다. (손으로 가슴 잡는 흉내를 내며) 오오올! 옛날 브라들이 더 컸나? 크크크.

남편　여보세요!

손님　똥인지 된장인지 맛을 봐야 알지. 자고로 여자를 알려면 따뜻하게 품어봐야 압니다. 낄낄낄…

남편은 꽤나 불쾌하다. 그에게 더 이상 눈길을 주지 않는다.

손님　(실컷 웃다가) 저 화장실 좀…

남편이 손으로 화장실을 가리킨다. 손님이 그 곳으로 들어간다.
남편은 언짢은 표정으로 커피를 마신다.
잠시 후, 인기척. 부인이 장바구니를 들고 들어온다. 미용실을 다
녀온 머리에 화장도 곱게 한 모습.

부인　　왜 문을 안 잠가놨어?

남편은 돌아보다 부인과 눈이 마주친다. 잠시 멈칫.

부인　　왜? 뭐 묻었어?
남편　　아, 아니.

손님이 화장실에서 나온다.

부인　　찬우씨!
손님　　눈부셔라.

손님이 달려가서 부인의 장바구니를 받아준다.

손님　　누구 꼬시려고 그렇게 차려입었어.
남편　　(맘모스 모형을 가리키며) 저거 준다고 오셨기에 들어오라고
　　　　　했어.
손님　　거래처 가는 길에 들렀어. 이것도 갖다 줄 겸. 뭐, 형님도

놀러 오라고 하시고.

부인 (모형을 들어 보며) 맘모스네.

손님 기억하지? 같이 봤잖아.

부인 고마워.

부인은 한참동안 맘모스를 쳐다본다.

손님 마음에 들어?

부인이 천천히 고개를 끄덕이며 계속 맘모스를 쳐다보고 있다.
깊은 생각에 잠긴 듯하다. 손님은 그런 그녀를 쳐다본다.
남편은 그들을 바라보다가 세탁기에서 손님의 옷을 꺼내 넌다.
그는 불편한 심기를 담아 옷을 꽤나 탈탈 턴다.
부인이 정신을 차리고, 맘모스 모형을 선반에 올려놓는다.
그녀는 뒤를 돌아보다가 손님을 보고.

부인 옷은 왜 그렇게 입었어? 어디 가?

손님 아니. 형님 옷이야. 향수도 뿌려주셨어.

부인 왜?

손님 하하하. 그럴 일이 있었어. 내 옷은 세탁기에 돌리셨지. 지
금 널고 계시네.

부인 당신은 손님 옷까지. (손님에게) 미안해. 이 사람이 냄새에
예민하거든. 취미가 세탁하는 거야. 트라우마지.

손님 무슨 마?

부인 어렸을 때, 어머님이 보신탕 식당을 하셔서 냄새가 집안 곳곳에 배여 있었대. 어머님이 주시는 종이돈에서도 항상 비릿한 냄새가 나고. 그래서 도너츠 먹는 습관이 생겼나 봐. (상자를 가리키며) 보이지?

남편 그런 이야기는 뭣 하러 해?

부인 남들이 얼마나 이상하게 생각하겠어. 입고 온 옷을 벗으라고 해서 빨면.

손님 괜찮아. 이 옷도 나쁘지 않은데.

남편 당신 오늘 '보카 박시아타' 여인 같아. 로제티 그림, 기억나?

부인 키스 당한 입술?

남편 기억하는구나. 그 제목은 보카치오 '데카메론'에서 따온 거야. 키스를 많이 받은 입술은 빛을 바래는 것이 아니라, 달이 새로 태어나듯 더 아름답게 빛난다는 뜻이지.

손님 무슨 뜻이요? 뽀뽀 겁나하면 입술이 반짝반짝해진다? 침 겁나 묻어서 그런 거 아닌가요?

남편 (손님 말을 무시하고) 지나치게 감각적이지. 이국적이기도 하고.

부인 자기 스타일은 아니지 않아. 정신적 뮤즈라기보다는 감각적 뮤즈잖아. 머리도 풀어헤치고 단추도 풀어헤치고.

손님 벗은 그림이야?

부인 (오랜만에 유쾌하게 웃는다) 좀 관능적이지. 유혹하는 여자 같기도 하고 남자를 파멸시키는 여자 같기도 하고.

손님 그렇다니까. 내 생각엔 말이야. 공부를 많이 하면 많이 할수록 점점 더 골 아프게 사는 거 같아. 뭐든지 어렵게 말하거든. '오우, 야한데~' '우후, 죽이는데!' '아하, 삼삼하네~' 뭐 그렇게 한마디만 하면 딱 알아듣는 걸.

남편 '보카 박시아타'를 성적인 쾌락이 엿보인다고 좋아하는 게 아니야. 회화의 도덕적 목적에 도전하는 로제티의 발칙한 도발이 맘에 든 거지.

손님 뭔 소린지 모르겠다. 로또가 도전적이라는 거야? 도발적이라는 거야?

부인 호호호… 하여튼 찬우씨 재밌어.

남편은 손님 말에 즐거워하는 부인이 사뭇 낯설게 느껴진다.

부인 그 여자, 우리 엄마 닮았어.

손님 누구?

부인 보카 박시아타.

남편 보스턴 미술관에 가서 보자. 곧.

부인이 고개를 돌리고 일어나다 어질러진 바닥을 본다.

부인 이 상자는 왜 꺼내놨어?

남편 찾을 게 있어서.

부인이 상자를 정리해서 방에 갖다놓고 나온다.

손님이 대야에 하이타이를 풀고 물을 부은 후, 화장실에 들고 간다.

부인　뭐해?

손님　화장실이 막혔는데 냄새도 안 나? (화장실 안에서 물을 붓고)
　　　　형님은 신기해. 냄새에 예민하시다는 분이 집안 구석구석
　　　　냄새 천국이니.

부인　익숙해서 그렇지.

손님　(안 들리는 듯) 뭐라고?

부인　(큰 소리로) 저녁 먹고 갈래?

손님　응.

손님이 화장실에서 나온다.

손님　뚫렸어.

부인　정말? 뚫어뻥 사왔는데.

손님　뭐 도와줄까?

부인　족발 좀 발라줘. 나도 외출하는 길에 찬우씨네 들러서 주
　　　　려고 샀는데, 그냥 여기서 먹으면 되겠다.

남편　동창회 안 가?

부인　다음에 가지, 뭐.

남편　오늘 가서 쐐기를 박는다며?

부인　머리하면서 든 생각인데, 쐐기도 무기가 있을 때 박을 수
　　　　있을 것 같아. 당신 논문 출판하고 교수 임용도 되고 가게

도 정리하면 그때. 얼마 안 남았잖아.

남편 그~래.

부인 찬우씨, 족발 괜찮지?

손님 환장하지.

부인 발가락 뼈 빼고, 좀 발라줘.

손님 잠깐, 담배 한 대 피고. 담배 있어?

부인 내 가방 안에.

손님 (부인 가방에서 담배를 꺼내며) 누님도 한 대 줄까?

남편 (깜짝 놀라며) 다, 당신… 담배 펴?

손님 요즘 여자 담배 피는 게 흉입니까?

부인 가끔… 나도 위로라는 게 필요하니까.

손님 한 대 펴.

부인 아니, 됐어.

손님 왜 그래? 형님 때문에 그래? 형님, 누님 한 대 펴도 되죠?

남편은 대답이 없다.

부인 됐어. 찬우씨, 나가서 펴. 이 사람 냄새에 예민하니까.

손님 어? 어… 그, 그래.

손님이 담배를 가지고 나간다.

부인 오늘은 책 그만 보고 쉬어. 맛있는 것도 먹고 오랜만에 와인도 마시고 그러자.

남편　와인도 샀어?

부인　당신이 생일파티 하자고 했잖아.

남편　그, 그랬지…

부인이 손에 비닐장갑을 끼고 족발을 발라내려 한다. 그녀가 족발을 들고 자세히 본다. 남편이 비위가 상하는지 멀찌감치 가서 앉는다. 논문을 집어 들어 펼쳤으나 제대로 눈에 들어오지 않는다.

부인　어휴, 돼지털을 제대로 뽑지도 않았네.

부인이 족집게를 가져 와서 미숙하게 돼지털을 하나하나 뽑는다.

남편　(얼굴도 들지 않고) 당신, 언제부터 담배 폈어?

부인　(웃으며) 왜? 예술 하는 여자들, 다 피잖아.

남편　피아노 안 친 지 꽤 됐어.

부인　그래. 어쩌면 그래서 더 피는지도 모르지. 답답하니까. 개고기 다듬는 손으로 성스러운 피아노를 칠 순 없잖아. 담배로 숨을 고르고 나면 편안해져. 나를 배신하지 않는 유일한 위안꺼리지.

남편　저 사람한테 배운 거야?

부인　아니. 어릴 때, 엄마 담배 몰래 훔쳐 폈어.

남편　장모님?

부인   응. 우습지? 당신 어머님은 보신탕 식당을 물려주고, 우리
        엄마는 그 식당을 견딜 수 있는 비법을 전수해주고.

        남편은 적당히 받아칠 말을 찾지 못한다.
        어머니가 커피와 담배를 가지고 나와 세탁기 옆, 거울 앞에 앉는
        다. 담배를 핀다. 어머니는 남편의 눈에 보이지 않는다. 오로지
        부인의 이야기 속에, 부인의 기억 속에 존재한다. 그래서 어머니
        의 대사는 그들과 겉돈다.

부인   엄마는 아빠가 사라진 후 유일하게 기댄 게, 담배였어. 딸
        이란 존재도 담배보다 못하더라고.

        어머니는 담배를 한 모금 깊이 빨고 연기를 날린 후, 담배를 세워
        물끄러미 바라본다.

어머니   세상에 이놈만큼 믿을만한 게 있을까? 늘 손이 닿는 곳에
        서 기다려주고, 마음 시릴 때 보듬어 주고.

        어머니는 심수봉의 '남몰래 흐르는 눈물'을 허밍으로 흥얼거린다.

부인   어쩌면 아빠를 그 연기에 담아서 다 날리고 싶었는지도
        몰라. 그런데도 자꾸 생각나니까 계속 피었는지도. 난 눈
        치 챘어. 엄마가 담배를 피는 건, 아빠를 잊지 못하는 증거

라고. 내 나이 고작 12살이었는데.

남편 설마 당신, 열두 살 때부터 폈다는 건 아니지?

부인 그랬어. 그게 중요해?

남편 정말이야? 당신, 내가 아는 사람이 아닌 거 같다.

부인 푸홋. 그래? 고작 담배 땜에? 한동안 안 폈어. 다시 핀 지는 얼마 안 돼.

남편 내가 아는 당신은 마카롱이나 밀푀유 같은 디저트에 홍차를 마시는 여자였는데.

부인 그랬어? 그랬구나? (시니컬한 웃음) 입맛은 변하니까.

어머니는 담배를 피면서 달달한 커피를 마신다.

어머니 담배랑 커피는 궁합이 딱이야. 천상의 디저트야. 호호호.

남편 그러지 마!

부인 뭘?

남편 몸에 안 좋잖아. 장모님도 폐암으로 돌아가셨고. 암은 유전이니까 당신도 조심해야 하고…

부인 그렇게 될 리는 없어. 당신이랑 우리 아빠는 다르니까. 아빠는 아무렇지도 않게, 정말 아무렇지도 않게 엄마의 삶을 무의미하게 만들었거든.

남편 유명한 영화를 못 찍으셔서?

부인 아니. 차라리 아무 것도 찍지 않았으면 더 좋았을 거야. 차라리 늘 대작을 준비하는 천재감독으로 남았으면. 난 친구들에게 아빠가 영화감독이라고 말하는 게 자랑스러웠거든. 엄마도 그랬을 거야. 그러니까 성악 공부도 접고, 밤에 노래를 부르면서 아빠에게 돈을 댔겠지.

어머니 (거울을 보며 옷매무새를 다듬는다) 엄마도 곧 무대에 설 거야. 아빠 영화 히트치고 상 받고 나면 그 다음에. (어린 딸을 바라보며) 지금쯤 명작을 뽑으려고 세상을 누비고 있겠지? (히스테릭한 웃음) 알지? 그게 네 아빠가 제일 잘하는 거잖아. 착상도 얻어야 하고, 사람도 만나야하고, 장소도 골라야하고, 좀 바쁘겠니?

남편 당신이 보여줬던 두 작품 말고 또 찍은 게 있으셨어?

부인 푸훗. 응. 아주 많이.

남편 그랬구나. 꽤 유명한 감독이 되셔서 집을 떠난 거구나.

부인 아니. 포르노.

어머니 엄마는 본 적 없어. 아니, 그건 아빠 영화가 아니었어.

남편은 분명히 들었다. 하지만 잘 못 들었다는 듯, 부인을 쳐다본다.

어머니 너 뭘 봤는데? 엄마는 그냥 잠이 안 와서 텔레비전을 켠 거야. 어젯밤에 본 건 텔레비전에서 나온 영화였어.

부인 포르노. 평생 입 밖에 내고 싶지 않았는데. 담배 때문에 이런 얘기까지 하네. 저질스런 영화였어. 플롯도 없고 구성도 없고 말하고 싶은 것도 없고. 그저 벗기고 핥고 자극하면서 수위를 높이는 게 다였어.

어머니 (크게 소리를 지른다) 그만! 그만해! 아니라고! 입 닥쳐!

사이.

어머니 네 아빠 영화가 어려워. 보통 사람들이 이해를 못해. 그렇게 쉽게 찍으라고 했는데. 천재들의 비애가 그런 거다. 너무 앞서가는 거. 동시대 사람들에게 인정받기가 쉽지 않지.

어머니는 담배를 커피 컵에 넣어 끈다. 어머니는 거울 앞에 앉아 자신의 모습을 조목조목 뜯어본다. 도도한 자태.

부인 그런 영화를 찍었어. 엄마와 나 몰래. 언제부터였는지는 모르겠어. 엄마가 언제부터 알게 됐는지도 모르겠고.

어머니 다음 작품은 대작이 될 거야. 혹시 아니? 우리도 네 아빠 따라 깐느의 레드카펫을 밟을지.

어머니가 어린 딸을 바라본다.

어머니 고개를 더 들어. 어깨를 뒤로 당기고.

부인 우린 다 알고 있으면서도 서로 모른 척 했거든. 그러다 어느 날 갑자기 아빠가 사라졌어. 감쪽같이.

어머니 누군가가 위에서 머리를 잡아당긴다는 느낌으로. 그래, 쭉 펴.

부인 엄마가 눈치 챘다는 걸 아빠가 눈치 챘거나, 아빠가 눈치 챘다는 걸 엄마가 눈치 챘겠지. 이후로 엄마가 하는 일이라곤 (세탁기를 가리키며) 저기 기대어 담배 피는 거랑 오페라 놀이였어.

어머니는 일어선다. 어디선가에서 들려오는 오페라 멜로디. 어머니는 시선을 15도 위로 향한 자세에서 관객석을 여기저기 바라본다.

부인 매일 나한테 박수를 치라고 했지.

어머니가 가슴에 손을 얹고 깊숙이 인사를 한다.
부인이 박수를 친다.
어머니가 환하게 웃으며 손을 흔들고 커튼콜을 하듯 다시 무대 밖으로 나간다.

남편 당신은 어떻게 그 사실을 알았지?

부인 아빠 영화를 봤으니까. 엄마가 그걸 보는 걸 봤으니까. 빨간 조명 아래 허연 살덩이들이 짐승처럼 서로를 잡아먹으면서, 고통스런 신음소리를 내뱉는 걸 들었어. 무섭고 혼란스러웠어. 엄마가 왜 그걸 보면서 서글프게 우는지, 내 아랫도리는 왜 찌릿찌릿해지는지, 손이 떨리고 가슴이 마구 뛰었어. 그래서 담배를 폈어. 담배를 피면 이해가 될 것 같았거든.

남편 장모님이랑 얘기 안 해봤어?

사이.

남편 왜 나한테 말하지 않았어?

부인 처음이야. 누구한테도 말한 적 없어. 의리랄까, 한심하고 바보 같은 엄마지만 그래도 평생 기댔던 꿈인데, 나라도 지켜줘야지.

남편 (말을 삼키듯이) 그랬구나.

이때, 손님이 들어온다. 손님은 들어오자마자 식탁 위의 식은 커피를 벌컥벌컥 마신다.

손님 (담배를 부인 가방에 넣으며) 다시 여기 넣어둘게.

부인 왜 이렇게 오래 걸렸어? 아파트 현관에서 피면 되는데.

손님 길고양이들 지나다니기에 참치 좀 사주고 오느라고.

부인이 일어나 음식을 준비한다.

손님 이 동네 길고양이들 많네.

부인 찬우씨 마음이 참 따뜻해. 집 없는 고양이 보면 그냥 지나치질 못하더라.

남편은 손님의 존재가 불편하다.

손님   라디오 들어도 돼?

부인   응. 저기.

손님이 라디오를 튼다. 주파수를 맞춘다.

손님   집에 가면 제일 먼저 라디오 틀어. 아주 어렸을 때부터 그랬어. 어쩔 땐 잘 때도 틀어놓고 잔다.

부인   혼자 사니까 그렇지.

라디오에서 심수봉의 '남몰래 흐르는 눈물'이 흐른다.
손님이 족발을 뜯으려 한다.

부인   손 씻고 와.

손님이 웃으며 화장실로 간다. 손님은 계속 노래를 따라 부른다.

손님   왜 그대 그땐 떠났나? 왜 나를 슬프게 했나? 마지막 모습 보이고 또 그렇게 떠나갔나? 가지 마오, 내 사랑. 변하지 마오, 그대.

손님이 손을 씻고 화장실에서 나온다. 주먹을 마이크처럼 입에 갖다 대고 가수처럼 열창한다.

손님 그대 향한 내 사랑이 꺼지지 않게 해주오. 나 그댈 보내지 않으리. 사랑을 주게 해주오.

부인이 손님을 보며 크게 웃는다.
손님은 부인이 좋아하는 모습이 좋은지, 몸짓과 손놀림을 과장되게 표현한다.

부인 그만해.

손님이 앉아서 족발을 가져다 놓고 바르기 시작한다.

손님 아이고, 우리 누님. 손질해놓은 것 좀 보소. 돼지털이 그대로네. 면도기로 밀면 깔끔한데.
부인 이거 원래 오페라였어.
손님 뭐? 이 노래?
부인 (고개를 끄덕이며) 우리 엄마가 좋아하는 오페라가수가 불렀어.
손님 어쩐지 가사가 너무 죽인다 했어. 심수봉도 불렀는데. 형님, 형님도 심수봉 아시죠?
부인 이 사람은 루치아노 파바로티가 부른 걸 좋아해.
손님 파 뭐? 이름이야?
부인 테너야. 성악가.

손님　외국 놈들은 뭔 이름을 그렇게 길게 지어. 부르다 날 새겠네. (라디오를 끄고 남편에게) 죄송합니다.

남편이 식탁에 쌓여있는 책을 꺼내 든다. 책이 많아 떨어진다. 다시 책을 쌓아 든다. 또 떨어진다. 감정을 섞어 책을 마구 흩어 놓고 한 권만 든 채 서재로 들어간다.

손님　왜 저러시지?

부인　아무 일도 아니야. 서재가 제일 편한 사람이니까. 집이 좀 지저분하지?

손님　내 집은 저렇게 큰 세탁기가 있어도 소용없을걸. 개 냄새로 인이 박혀서.

부인　세탁기는 그저 저 사람 위로야. 매일 뭔가를 빨아대지만 낡기만 하지, 새로워지는 건 없어.

손님　그렇게 당하고도 몰라? 사람은 안 변해. 고생은 하는 놈만 죽도록 하는 거야. 빛도 안 나는데, 씨발. 말년에 우리 엄마 순댓국 판 돈으로 아부진 줄창 술 마셨어. 개 패다 남은 힘으로 우리 엄마 팼어. 처음엔 엄마만 불쌍했는데 것도 아니야. 돈 안 주면 덜 마실걸, 꼬박꼬박 돈 주니까 계속 마시지. 지 무덤 지가 판 거라고.

부인　술 더 마시고 더 빨리 죽으라고 돈 주신 건 아닐까?

손님　그런가? 그런 거 기대하다 골로 갑니다. 그런 종자들이 명줄은 또 얼마나 긴데. 아부지보다 엄마가 먼저 갔어.

부인　　내가 찬우씨 엄마처럼 되길 바래?

손님　　아, 아니, 그런 말이 아니라… 누님 고생하는 거 보면 가슴이 짠해서 하는 말이야.

부인　　저 사람 자리 잡으면 식당 정리할 거야. 잠시 하는 거뿐이야. 아주 잠시.

　　　　　남편이 서재에서 나온다.

부인　　식사해.

남편　　먹었어.

　　　　　남편이 책을 마저 들고 서재로 간다.

부인　　당신 좋아하는 와인이랑 모차렐라 치즈도 사왔어.

　　　　　부인이 서재로 가서 문을 연 채로 계속 서 있다.

부인　　당신이 원했잖아. 내 생일에 다른 사람 데려오는 거. (사이) 오랜만에 생일 파티하자.

　　　　　남편이 마지못해 나온다.
　　　　　식탁에 셋이 앉는다.

손님   누님 생일인데 한 잔 해야지. 안 그렇습니까? 형님.

손님이 와인을 컵에 벌컥벌컥 따른다.
부인이 와인 잔에 능숙하게 따른다.

손님   에게, 겨우 쥐 오줌만큼 따라 마시는데 무슨 잔은 그렇게 큰 걸 써?

부인   와인은 이렇게 마시는 거야. 찬우씨도 줄까?

손님   (소주병을 따고 소주잔에 따르며) 이게 최고지.

부인은 와인 한 잔을 더 따른 후, 남편에게 준다.

부인   까비네 쇼비뇽, 칠레산이야.

손님   건배!

셋은 잔을 부딪친다.

손님   (소주를 마시고) 캬… 누님 생일 축하합니다.

남편이 느닷없이 나지막이 시를 읊기 시작한다.

남편   날 위해 명주와 솜털의 단을 세워주세요. 그 단에 모피와 자줏빛 천을 걸쳐 주세요. 거기에 비둘기와 석류와 백 개

의 눈을 가진 공작새를 예쁘게 조각하여 주시고 금빛 은
빛의 포도송이와 잎사귀와

부인이 남편을 따라 시를 읊는다.

부인·남편 백합화를 수놓아 주세요. 내 일생의 생일날이 찾아왔답니
다. 내 사랑이 날 찾아왔으니까요.

손님 (손뼉 치며) 무슨 소린지 모르겠지만 멋지다.

부인 누구 시였지?

남편 크리스티나 조지나 로제티. 우리 생일날마다 같이 읊던
시지.

손님 이거, 이거, 케이크를 깜빡했네.

손님이 도너츠에 나무젓가락을 꽂고 불을 붙인다. 부인에게 그것
을 내민다.

손님 소원 빌고 불 꺼.

잠시 후, 부인이 불을 끈다.

손님 무슨 소원 빌었어?

부인 이 사람 빨리 교수님 되라고. 그러면 나도 다시 피아노를
칠 거야. 아이들도 가르치고.

손님 누님은 밖에 나가면 형님 자랑밖에 안 해요. 교수될 거라고, 공부 열심히 한다고, 아는 것도 많다고.

손님이 소주를 또 한잔 따라 입에 털어 넣고.

손님 그런데 그거 아세요? 우리 누님이 얼마나 고생하는지.

남편 누님, 누님, 누님!!! 누가 우리 누님이야?

부인 여보!

손님 (다시 술잔을 따르면서) 왜요? 지금 저 백정 놈이라고 무시하시는 겁니까? 저 같은 놈은 누님이라고 부르면 안 되는 겁니까?

사이.

손님 어렸을 땐 엄마 괴롭히는 아부지 생각하면서 개를 팼지. 백정 놈 아들이라고 무시하는 놈들, 냄새 난다고 놀리는 놈들, 싹 죽이고 싶어 팼어. 근데 이젠 그놈들 패는 게 미안해. 적어도 개새끼들은 사람들처럼 날 무시하진 않잖아. 술이라도 마시지 않으면 팰 수가 없어. 이래도 되는 건가 싶고. 마음이 안 좋아. 형님! 전요, 그래도 창피하진 않아요. 비록 냄새는 나도, 분수대로 정직하게 살아왔거든요. 전 남들처럼 중국산으로 사기 치지도 않아요. 제일 좋은 토종 놈만 잡지. 사람들 잘 먹고 하는 일 잘 되라고, 좆 빠

59

지게 일한다고요.

부인 그래. 누가 요즘 세상에 찬우씨처럼 힘든 일을 해? 손으로 손수 깨끗하게 닦아서 토막 내오는 집, 찬우씨네 밖에 없어. 우리 식당에 오는 손님들 하나같이 깔끔하다고 칭찬해.

남편 오늘 밤은 갑자기 밀레이의 이사벨라가 생각나는군. 이사벨라는 오빠의 하인이던 로렌초와 사랑에 빠져. 하인 놈이 건방지게 아가씨를 넘본 거지. 왜 그 그림이 떠올랐을까? (시니컬한 미소를 지으며 손님에게) 그들이 어떻게 된 줄 알아요? 오빠가 로렌초 머리를 싹둑 베서 숲 속에 묻어버려요.

부인이 소주를 따르고 한숨에 들이켠 후.

부인 밀레이가 친구 부인 뺏은 화가 아니었나?

남편 맞아.

부인 위선적이야. 다른 사람에겐 제대로 살라고 하면서 자기는 제멋대로 살아.

손님 친구 부인을 빼앗아요? 형님, 거 보세요. 남자들 다 똑같다니까요. 하하하.

남편이 와인을 비우고 치즈를 한 움큼 집어넣어 씹는다.
손님이 족발을 손으로 뜯어 먹고 손가락을 쪽쪽 빤다.

손님 족발은 이렇게 뜯어 먹어야 제 맛이야. 형님, 누님이요. 죄송합니다. 그냥 뭐, 누님이라 부르겠습니다. 입에 붙었으니까.

손님이 크게 트림을 한다. 그는 민망한 듯, 웃는다. 그리곤 아랑곳하지 않고 이어 말한다.

손님　누님 식당이요, 하예요. 보신탕 식당이 무슨 레스토랑 같다니까요. 한 번도 안 오셨죠? 사람들은 보신탕을 먹으면서도 스테이크를 먹는 줄 알 거예요. 하하하… 형님처럼요. 하얀 머리 수건에 하얀 앞치마를 두르고 하얀 식탁보를 깔고. 가끔은 피아노도 친다니까요. 하하하…

부인　깨끗해야 좋지.

손님　보신탕집은 말이야. 막 입고 막 그릇에 막 퍼줘야 제 맛이야. 트로트 음악을 깔아주고.

사이.

손님　(남편 흉내를 내듯, 냅킨으로 입 꼬리 닦는 제스처를 취하고) 하얀 냅킨을 허벅지에 깔고 포크랑 나이프로 깔짝깔짝 댄다고, 보신탕이 스테이크가 돼? 낄낄낄.

손님이 한참동안 깔깔댄다. 잠시 후, 숨을 고르고.

손님	피아노 소리는 멋지지. 피아노 치는 누님은 더 멋지고. 누님은 이런 곳에 어울리지 않아. 사람들마다 타고난 냄새라는 게 있는데 말야. 누님은 아니야.
남편	그만! 그만! 그만해!!! 당신, 왜 그래? 역겨워!!!

손님이 의아한 눈빛으로 남편을 쳐다본다.
남편은 부인에게 다가가 나지막하고 단단한 목소리로 말한다.

남편	내가 우스워? 그래? 이런 놈이 더 달콤하게 느껴져? 원래 천박한 게 더 달콤하지.
부인	왜 이래?
남편	왜 이런 사람이랑 어울려? 당신이 시장 통에 굴러다니는 싸구려야?
손님	형님!!!
남편	당신은 로제티의 제인모리스 같았어, 밀레이의 에피 같았다고.
부인	내가 뭘 어쨌는데?
남편	돈이나 섹스만 따지는 놈이랑 붙어 앉아 낄낄대고 있잖아.

손님이 남편에게 달려든다. 부인이 손님을 말린다.

부인	참아! (남편에게) 뭐라고? 당신 책에 머리박고 있을 동안 난 개고기 살점 하나라도 더 발라내려고 눈을 부라려. 그런

나한테, 제인 모리스? 난 수영복 입은 여자 달력만 하루 종일 쳐다봐. 거기에 빨간 색연필로 개 들어오는 날짜를 체크하는 게, 그게 다라고.

남편　제발 이러지 마.

부인　당신을 위해서 내가 어떻게 버티는지 알아? 다 버렸어. 자존심이고 수치심이고, 다! 그래서, 그래서 동창회도 못 갔다고.

남편　조용히 말해. 옆집 사람 듣겠다.

부인　옆집 사람도 듣는데, 당신은 왜 못 들어?

부인이 그림액자를 빼서 던진다.

남편이 너무 놀라며 달려가 액자를 살핀다.

남편　당신 왜 그래? 미쳤어?

부인　미쳤냐고? 그렇게밖에 안 보여? 당신을 위한 내 희생이 그렇게밖에 안 보여? 천박하다니? 시장에서 고상한 척하면 그게 더 천박해. 알아? 그래서 난… 고상하고 싶어도 천박해져.

남편　홀렸어. 지금 뭔가에 홀려있다고. 설마 했는데.

부인　설마? 설마 뭐? 무슨 말을 하고 싶은 거야? 7년이야. 당신 어머니 돌아가시고 그 식당 물려받아 일한 지… (목이 멘다) 당신만 바라보고 있었는데, 당신이 잘되기만 기다리고 있었는데. 천박하다니…

손님   진정해. 잠깐 나가 바람 좀 쐬자.

손님이 부인을 데리고 나가려한다.

남편   어딜 가?
손님   형님! 그만하세요!
남편   이 사람 좋아하니? 개 파는 남잘 좋아해?
손님   입 조심하세요!

손님이 마음을 추스르려 담배를 꺼낸다. 불을 붙이려다 부인을
보고, 도로 가방에 넣는다.

손님   사실, 전 누님 말만 듣고 아주 멋진 분을 기대했어요. 자상
          하고 인자하고 품위 있고 똑똑한… 제가 범접할 수 없는,
          뭐 그런 거 있지 않습니까? 많이 배운 분들이 풍기는 분
          위기, 단번에 사람을 기죽이는… 허, 그런데 이게 뭔가요?
          게으르고 더럽고, 초라하고 궁색하고… 거울 좀 보세요!
          씨발.
부인   그만! 그만, 됐어!
손님   적어도 누님의 고생이 헛되지 않게는 하셔야죠?
부인   (손님에게 소리를 버럭 지른다) 그만하라고! 그만!
손님   누님, 난 그저 누님이 이렇게 사는 게…
부인   듣고 싶지 않아. 침 삼키듯 삼켜버려. 아무 말도 하지 마.

이런 날도 있고 저런 날도 있지.

손님   내가 그렇게 말했는데도 못 알아들어? 제발 정신 좀 차려!

부인   찬우씨가 뭘 안다고 그래? 상관하지 마!

남편   가게 닫아! 이런 사람이랑 어울리느니 집에 있어!

남편이 부인의 손을 잡는다. 부인이 뿌리친다.

부인   제발! 제발 그만 해! 둘 다 그만하라고!

부인이 나간다.

남편   어디 가?

부인은 아랑곳없이 나갔다.

손님이 남편을 쳐다보고 바로 부인을 따라 나간다.

남편이 문을 쳐다보다, 힘이 빠진 듯, 주저앉는다.

긴 사이.

남편의 눈에 부인의 가방이 들어온다. 그는 부인의 가방을 세탁기에 던진다.

세탁기 버튼을 누른다.

세탁기 돌아가는 소리, 오래도록 들린다.

긴 사이.

남편 아니야, 아니야. 꿈이야! 그래, 꿈. 다 지워! 더러워! 다 지
워, 다!!!

남편은 세탁기에 기대어 앉는다.
긴 사이.
뭔가가 걸려 세탁기 작동이 멎는 기계음.
남편이 천천히 일어나 세탁기로 간다. 세탁기 작동을 멈추고 뚜
껑을 연다. 부인의 가방을 꺼내 들고 빨래 줄로 간다.

남편 (가방에서 담배를 꺼내며) 담배도 펴? 크크크.

담뱃갑을 탈탈 털어 빨래집게로 고정시키며 빨래 줄에 넌다.

남편 (가방에서 스타킹을 꺼내며) 긴 콘돔 같다. 그지? 크크크, 낄낄
낄…

양손으로 스타킹을 늘렸다 줄였다 하다가 빨래 줄에 넌다.
가방에서 지갑, 영수증, 악보, 각종 물건들이 나온다.
남편은 그 속에서 티켓을 발견한다. 티켓을 빨래 줄에 널고 쳐다
본다.

남편 러시아 야쿠트 맘모스 발굴 탐험전, 데이트는 신나셨나?
(히스테릭하게 웃는다) 맘모스 좋아해? 그래? 크크크. 이렇게

천박하게 변할 거라면, 차라리 너도 맘모스처럼 얼어버리지 그랬니? 제인 모리스로. 에피로. 보카 박시아타로.

긴 사이.
남편이 가방에서 빨간 루즈를 꺼낸다. 루즈를 돌려보다가 자기 입술에 바른다.

남편   이렇게 빨간 루즈를 바르고 뭘 한 거야?

루즈를 던져버린다.

남편   제기랄.

남편은 웃음인지 울음인지 모를 소리를 내며 손으로 얼굴을 감싼다.
부인이 들어온다.
인기척에 남편이 고개를 들고 부인을 쳐다본다.

부인   뭐하는 거야? 미쳤어!
남편   당신, 알지? (미소를 지으며) 뱀의 혀는 부드럽지만, 뱀은 가장 먼저 거짓말을 한다는 거.
부인   입술 지워!

부인이 빨래 줄에 널린 스타킹을 빼다가 남편의 입술을 쓱쓱 닦는다. 남편이 부인의 팔을 낚아채 세탁기를 가리킨다.

남편   저 큰 게 당신 남자 흔적을 지우느라 칭얼댔어. 물살 돌아 가는 소리 사이로 당신 웃음소리까지 들리던데. 저렇게 세탁기에 돌리면 다시 깨끗해질까?

부인   (남편의 팔을 떼 내며) 멋대로 상상하지 마.

남편   당신 어머니도 그랬다면서? 매일 세탁기를 돌렸다면서? 아버지 애인 옷을 돌린 건지도 모르지. 지우고 싶어서, 안 그래? 크크크.

부인이 거칠게 빨래 줄과 바닥에 널려있는 것들을 가방에 도로 담는다.

남편   아버지가 애인의 귓불을 만지작거리며 속삭였을지도 모르잖아. 나는 위대한 감독이 될 거야. 낄낄낄.

부인이 잠시 멈칫! 그녀는 원망이 짙은 눈빛으로 남편을 쏘아본다.
사이.
부인이 방에서 여행용 가방을 가지고 나온다.

남편   뭐하는 거야?

부인   당분간 가게에서 지낼 거야.

남편   가게 문 닫아.

부인　그래? 뭘 먹고 살려고?

남편　내가 벌게.

부인　(비웃음. 아이를 다루듯) 홋, 자존심 상하셨어요?

남편　정말이야.

부인　(정색을 하고) 제발 머리나 자르고 단정하게 살아. 저런 사람들한테까지 무시당하니까 좋니? 학자처럼 품위 있게 살아. 쓸데없는 소리 말고.

남편　나 돈 벌 수 있어.

부인이 남편을 빤히 쳐다본다.

잠시 후, 부인이 시선을 거두고 다시 가방을 싼다.

부인　돈 버는 게 쉬운 일인 줄 알아? 뚝배기를 올려놓고 달랑 가스렌지에 불만 켜 면 되는 일인 줄 알지? (깊은 한숨) 영혼을 파는 일이야. 밑도 끝도 없는 더러움을 견뎌야 해. 땀과 침을 흘리며 보신탕 먹는 남자들 앞에서 친절한 마담처럼 보신탕의 효능을 떠들어줘야 해. 음담패설에 맞장구도 쳐주고. 끓어오르는 가래침을 받기 위해 재떨이도 대주고. 술 마시고 연애 하자고 수작 거는 사람 대거리도 해야 하고, 때로는 손목을 아프게 잡아당기면서…

남편　그만! 그만!!

부인　듣기 싫지? 그런 거야. 돈 버는 게.

남편　나, 나도, 사실, 나도 사실…

남편이 망설인다.

부인이 가방 지퍼를 잠그고 있다.

남편 나도 돈 벌었어. 택배회사 직원도 하고 신문 배달도 하고…

지퍼를 올리던 부인. 순간 경직된다. 팔에 힘이 빠진다. 휘청한다.

남편 출판사 교정 아르바이트도 했어.

부인은 남편이 무슨 말을 하고 있는지 분명히 파악했는데도, 못 들은 척 하려 한다.

부인 냉장고에 뚝배기 많으니까 알아서 잘 챙겨 먹어.

남편 줄곧 그런 아르바이트로 돈을 벌었다고.

부인 집에 너무 오래 틀어박혀 있었어. 답답하면 가끔 바람도 쐬여야지.

남편 바람 쐰 게 아니야!

사이.

남편 나도 저런 사람 못지않게 생활력이 있어.

부인 그런 거 없어도 돼!

남편   강의 안 나간 지 오래됐어.

부인   또 들어오겠지.

남편   이제 안 들어와. 그동안 내가 강의해서 벌었다고 갖다 준 돈, 강의한 게 아니었어. 이것저것 해서 번 돈이야. 강사비 메우느라고 할 수 있는 일은 다 했어. 마트에서 배달한 적도 있고… 당신한테 들킬까봐 선글라스도 쓰고 마스크도 쓰고, 아주 먼 동네에 가서…

부인   됐어! 필요 없는 말은 도로 입안에 처박아 둬!

남편   아니, 들어야 해. 오히려 이렇게 말하고 나니 홀가분하다.

부인   집어치워! 농담할 기분 아니야.

남편   농담 아니야. 보신탕 식당 힘들면 그만둬. 다른 장사를 같이 하자.

부인   당신 왜 그래? 오늘은 내가 힘들어서 잠깐 투정부린 거야. 더 기다릴 수 있어.

남편   오늘 모든 게 분명해졌어. 공부는 그만 둘 거야. 이젠 쓸데없이 논문 따위도 안 볼 거야. 미련도 없어.

부인이 남편을 잡아끌어서 서재로 데리고 간다.

부인   들어가. 강의 준비나 해!

남편   (부인의 손을 뿌리치며) 이러지 마. 난, 당신이 변해가는 게, 감당이 안 돼.

부인   변하긴 누가 변해? 우린 아무도 변하지 않았어. 아무 것도 달라진 건 없다고. 곧 논문 출판한다며? 당장 출판사에 전화해봐.

남편 요즘 세상에 누가 미학 논문을 읽어? 세상이 개벽하길 기다리는 게 낫지.

부인 기다려! 왜 기다릴 수 없어? 당신 박사학위 따길 기다렸는데. 박사학위 따고도 7년을 기다렸는데. 내 반평생을 기다렸는데. 내 인생을 기다리는데 다 써버렸는데, 그런데 왜, 왜 기다릴 수 없어?

남편 기다리다 저 사람 말대로 우리 둘 다 골로 갈 수 있어. (우연히 눈에 들어온 맘모스, 맘모스 모형을 쳐다보다) 당신 저 맘모스 좋아한다고 했지? 저 맘모스 죽은 거잖아. 살아있는 것처럼 멋지게 보일 뿐이지, 시체라고. 박사고 논문이고 그럴 듯해 보이지만, 다 시체야. 그걸 아는데 꼬박 십년이 걸렸어. 나라고 쉬웠을 것 같아? 나도 괴로웠어. 잠도 안 오고, 잠이 들어도 악몽에 시달렸어. 내가 먹고 있는 보신탕 속에 내 머리가 처박혀있는 꿈도 꿨어. 끔찍해서, 너무 끔찍해서 눈을 감을 수도, 뜰 수도 없는 날들을 보냈다고.

부인 (부인은 남편을 회유하고 싶다) 이해해. 당신 힘들었을 거야. 사람들도 안 만나고 계속 공부만 한다는 게, 사람 미치게 만드는 일이지. 더욱이 당신은 실력으로만 승부수를 던졌잖아. 돈이나 인맥을 동원하지 않고. 차곡차곡 실력을 쌓는데 집중했잖아. 그런 당신이 자랑스러워. 이제 거의 다 왔어.

남편 그래, 다 왔어.

부인	조금만 참으면 돼.
남편	공부가 끝났다고! 공부는 그만 둘 거야!
부인	그만 둔다고? 뭘 그만둬?

부인이 남편에게 다가간다.

부인	지금 당신, 나한테 무슨 말을 하고 있는지 알긴 해?

그녀의 간절한 눈빛.

부인	내가 저질스럽게 먹고 마셔도, 내가 저질스럽게 웃고 떠들어도, 당신은 그러면 안 되잖아. 당신은 적어도… (흐느낀다) 나에게 꿈을 줘야 하잖아. 내가 돌아갈 곳을 지키고 있어야지. 어떻게 그런 말을 아무렇지도 않게 뱉을 수 있어?
남편	미안해.
부인	(남편의 가슴을 때린다) 미안해? 그렇게 간단해? 내 희생이 그렇게 간단해?

대답 없는 남편, 돌부처럼 꿈쩍도 않는다.
부인이 강하게 가슴을 때려도 그는 아무런 반응이 없다.
그녀는 힘이 빠지다가 툭 주저앉는다. 손에 짚이는 가방을 집어 던진다.

부인	나랑 약속한 것까지 저기 죄다 빨아버린 거야? 다 돌려버
	렸어?
남편	미안해.
부인	제발! 제발!! 그렇게 말하지 마!

남편이 부인에게 다가간다.

| 부인 | 저리 가! 가까이 오지 마! |

격앙된 그녀, 그녀는 감정을 뉘일 곳이 없다. 눈물이 멈추지 않는
그녀.
잠시 후, 핸드폰이 울린다. 핸드폰은 끈질기게 계속 울린다. 멈추었
다가 바로 다시 울린다. 부인은 번호를 확인하고 전화를 받는다.

부인	여보세요. (사이) 아, 아니야. 아무 일도 없어. (사이) 차 열쇠?
	(사이) 바지 주머니? 갖다 줄게. 기다려.

부인이 전화를 끊고 빨래 줄에 걸린 손님의 바지를 뒤져 열쇠를
찾는다.
빨래 줄에 널린 물건을 죄다 던진다.

| 부인 | 이런 것 빨지 말고 당신이나 빨아. |

남편이 달려가 부인의 양팔을 잡는다. 부인이 놓으려고 하나 더 꽉 잡는다.

남편 나가지 마. 당신이 원하는 걸 할게.
부인 그럼 다시 제자리로 돌아갈 거야?

사이.

남편 여보, 나 돌아가도, 교수 할 수 없어. 이미 늦었어. 백 날 해도 안 된다고. 그게 현실이야.

부인이 양팔을 가까스로 빼내어 남편을 강하게 밀어버린다.

남편 우리 연극은 끝났어. 당신을 위해 더 이상 연극은 하지 않을 거야. 대신 당신이 원한다면 다른 걸 할게. 당신 식당가서 식당일을 도울게.

부인이 거친 손놀림으로 가방에 자신의 물건을 담는다.

남편 뭐 해? 가지 마. 설마 저 저질한테 가려는 거 아니지?

부인이 하던 행동을 멈춘다.
사이.

부인이 방 안에 들어간다.

잠시 후, 그녀는 빨간 색연필들로 빼곡히 줄이 쳐져 있는 구인구직 신문, 알바를 구하는 전단지, 강사를 구하는 학원 홍보물, 택배 지도, 주소록, 교정지 등을 갖고 나온다.

그녀는 모든 종이를 남편에게 던진다.

남편이 흩어진 종이를 주워서 본다.

너무 놀란 남편.

남편   여, 여보!

부인   아니라고, 아니라고. 이런 거 볼 때마다 아니라고… 이게 뭐냐고 물어보고 싶었지만… 입도 떼지 못했어. 열두 살 때처럼 담배만 폈어. 두려워서, 너무 두려워서, 바보같이 쪼그리고 앉아 담배만 폈다고. 그런 나한테 이게 다였다고? 당신, 그렇게 말했어? 이게 내 인생 전부라고?

남편   다… 알고 있었어? 언제부터…

부인   많은 걸 바란 것도 아니잖아. 그냥 거기 있어주기만 하면 되잖아. 내가 믿는 모습으로. 그저 막연하게 꿈이라도 꿀 수 있게. 내가 살아갈 수 있게.

남편   힘들었어. 이 냄새 안에 갇혀 견딘다는 게…

부인   견뎌야지. 끝까지 견뎌야지. 맘모스처럼. 녹으면 썩은 냄새만 진동하잖아.

남편   당신은 왜 그러지 못했는데? 왜 고상하고 우아한 자신을 지키지 못했는데? 왜 더러운 냄새나는 놈이랑 뒹굴었는데? 왜 추하게 바람을 피웠는데?

부인   바람? 지금 날 어디까지 끌고 가고 싶은 거야? 날 아주 깊은 우물 속에 처박고 싶구나. 그래? 당신이 바람이야. 당신이 바람이라고. (양손의 손가락을 벌리며) 그래서 이렇게 다 빠져나갔어.

남편이 부인에게 가까이 다가가자 부인이 뒤로 물러선다.

남편   아니지? 아니라고 말해줘.

부인   저리 가! 냄새 나. 이 악취덩어리!

남편이 세탁기 버튼을 누른다.
남편은 부인의 손목을 잡아 세탁기에 데려가려 한다.
부인은 손을 뿌리치려고 완강히 저항하나 조금씩 끌려간다.

남편   저 안에 웅크리고 있으면 깨끗해질 거야. 그럼 모든 게 제자리로 돌아갈 거야.

부인   저리 가!

부인이 손을 빼려 몸부림친다. 남편이 부인을 세탁기에 밀어붙인다.

남편   당신은 변했어!

부인   아니, 당신은 변했고 난 안 변했어. 그래서 우린 끝났어.

남편　　난 당신 포기 못해.

남편이 부인의 손을 잡아 세탁기에 넣으려 하나 부인이 세탁기를
잡고 버틴다.

부인　　놔!!!

남편이 부인의 머리를 세탁기에 넣었다. 남편이 부인의 손을 떼
어 세탁기 안에 넣으려 한다. 부인이 몸부림치다 세탁기를 잡고
있는 남편의 팔을 이빨로 문다. 그가 소리를 지르며 세탁기에서
팔을 뗀다. 그 틈에 부인은 재빨리 문쪽으로 달려간다.

부인　　미쳤어! 당신이나 들어가. 당신한테 남은 건, 고작 썩은 고
깃덩어리랑 악취뿐이야. 알아? 쓸모없는 덩어리! 그게 당
신이야. 그러니까 돌려.

남편이 지친 몸을 이끌고 세탁기로 간다. 세탁기 안을 물끄러미
들여다본다.

남편　　여기 들어가면 다 지워질까? 다시 새로워질까? 그럼 당신
이 다시 돌아올까?

부인　　그래, 돌려! 돌려서 모조리 지워버려!

그는 세탁기 안으로 들어간다. 나가려던 부인이 뒤돌아본다.

부인   여보!

부인이 다시 거실로 들어온다. 남편이 세탁기 뚜껑을 덮는다.

부인   나와!

부인이 세탁기 뚜껑을 열자 남편이 그녀의 손목을 잡는다. 그가
그녀를 세탁기 안으로 당긴다. 그녀는 더럭 겁을 집어먹고 손을
뿌리친다. 그가 일어나려하자 뚜껑을 덮는다. 뚜껑이 들썩인다.
부인이 세탁기 위로 올라가 앉고, 버튼을 마구 눌러댄다.

세탁기의 쿵쾅거리는 소리. 부인이 동물처럼 울부짖는다.
이 소리 틈으로 피아노의 쿵쾅거리는 소리, 어머니의 노랫소리
섞인다.
여러 소리들, 거칠게 휘몰아친다.

잠시 후, 그녀가 숨을 고를 때 쯤, 소리들 잦아들고. 세탁기 안에
서 물이 채워지는 소리가 들린다.
이때, 손님이 거실로 들어온다.

손님   누님, 뭐해? 열쇠 못 찾았어?

부인   이리 와. 나 좀 도와줘. 여기에 올라앉아.

손님   왜 그래? 울었어?

부인   제발~ 빨리!

손님이 세탁기 위에 올라앉는다.

손님   왜 이렇게 떨어?

부인이 그에게 안긴다.

손님   오늘 이상하네. 내가 손만 대도 질겁하더니. 무슨 일 있어?

손님이 그녀의 어깨를 잡고 엉거주춤하게 안아준다.

부인   (떨리는 목소리로) 세탁기에 돌리면 깨끗해질까? 감쪽같이
            지워질까?

손님   누님, 왜 그래? (머리를 매만져주며) 머리는 왜 이렇게 헝클어
            졌어. 아기 낳고 미음 먹는 산모 같다. (미소를 짓는다)

부인   (흐느끼며 주절댄다) 다시 내 꿈이 보일까?

손님   무슨 말을 하는 거야?

부인   나 좀 더 꼭 안아줄래?

손님이 웃으며 부인을 꼭 안아준다.

손님 기분 좋다. 내가 얼마나 이렇게 누님을 안고 싶었는지 알아?

부인이 말이 없자, 손님 괜히 무색해져서.

손님 딴 뜻은 없어. 그냥 누님이 어떤 때는 우리 엄마 같기도 하고, 친누나 같기도 하고, (부끄럽게 미소 지으며) 애인 같기도 하고. 그냥, 그렇다고.

부인은 아무 말 없이, 눈물을 흘린다.

손님 (소리를 죽여) 참, 그런데 형님은?
부인 담배 한 대만 줄래?
손님 여기서 피면 안 되잖아.
부인 한 대만 줘. 그이가 오기 전에.

손님이 자기 주머니에서 새 담배와 라이터를 꺼낸다. 담배 비닐을 벗기고 담배를 꺼내 부인에게 건넨다. 하지만 부인이 손을 너무 떨어 담배를 꽉 잡기가 힘들다.

손님 내가 잡아줄게.

손님이 담배에 불을 붙여 부인의 입에 대주면 부인이 담배를 깊이 빠다.

부인　　(연기를 날리며) 엄마가 보고 싶어.

손님　　엄마? 누구? 누님네 엄마?

이때 어머니가 나온다. '보카 박시아타'처럼 화려한 무대 의상에 풀어헤쳐진 머리. 도톰한 입술. 그녀는 퇴폐적으로 보이나 꽤 매혹적으로도 보인다. 심수봉의 '남몰래 흐르는 눈물' 전주가 흘러나온다.

손님이 부인이 폈던 담배를 핀다.

손님　　맛있다. 꿀맛 같네. 누님이랑 나눠 펴서 그런가? (낄낄 대며) 학교 다닐 때, 선생들 몰래 피던 담배 맛이 딱 이랬는데.

어머니는 심수봉의 '남몰래 흐르는 눈물'을 부른다. 그녀는 마치 오페라가수처럼 도도한 자세로 입술과 손동작을 과장되게 표현한다.

손님이 다시 담배를 부인 입술에 대주면, 부인이 한 모금을 깊이 빤다.

이때, 세탁기 작동이 멎는 기계음.

손님이 담배를 버리려고 세탁기에서 내려간다.

부인　　(너무나 큰 목소리로) 가지 마!!!

부인이 세탁기 버튼을 마구 누른다.

손님이 담배를 싱크대에 던진다.

손님   (웃으며) 안 가.

부인   빨리 올라와!

세탁기 돌아가는 소리 점점 커진다.

부인   (재촉하며) 제발, 빨리!

손님이 다시 세탁기 위에 올라앉는다.

손님   빨래 해?

부인은 대답이 없다.

손님   누님, 이상하다. 설마, 형님한테 맞은 건 아니지?

부인이 눈물을 흘리며 고개를 흔든다.

손님   왜 울어? (부인의 눈물을 닦아준다) 누님 건드는 사람 있으면 나한테 말만 해. (사이) 형님은 멀리 가셨어?

사이.

부인   담배 줘.

손님이 부인 입에 담배를 물어주고 불을 붙여준다. 부인이 담배
를 핀다.
손님도 담배에 불을 붙이고, '남몰래 흐르는 눈물' 노래를 흥얼거
린다.
손님의 노래와 어머니의 노래 겹친다.

사이.

부인   얼마나 궁금했을까? 언제부터 그런 영화를 찍었냐고, 가
져간 돈은 어디에 썼냐고, 당신 꿈은 뭐냐고, 얼마나 물어
보고 싶었겠어? 크크크. 아무 것도 못 물어보고, 병신처럼
폐가 구멍 날 때까지 담배만 폈는데. 크크크. 그렇게 한심
했는데.

어머니는 노래에 취해있다.
부인이 어머니를 바라본다.
부인이 어머니에게 담배를 준다.
조명 서서히 어두워진다.
어머니가 담배를 핀다. 어둠 속에 담배 연기가 흩어진다.

어디선가 루치아노 파바로티의 '남몰래 흐르는 눈물' 노래가 천천
히 들어온다.
웅장하고 애절하고 서글픈 테너의 목소리,
그 목소리가 무대를 따뜻하게 덮는다.

막.

한국 희곡 명작선 106
맘모스 해동

초판 1쇄 인쇄일   2022년 11월 1일
초판 1쇄 발행일   2022년 11월 7일

지 은 이   이미경
만 든 이   이정옥
만 든 곳   평민사
            서울시 은평구 수색로 340 〈202호〉
            전화 : 02) 375-8571 / 팩스 : 02) 375-8573
            http://blog.naver.com/pyung1976
            이메일   pyung1976@naver.com
등록번호   25100-2015-000102호
ISBN   978-89-7115-046-7   04800
            978-89-7115-663-6   (set)
정   가   8,000원

이 책은 사단법인 한국극작가협회가 한국문화예술위원회의 2022년 제5회 극작엑스포
지원금을 받아 출간하였습니다.